AF466708

Agnès

HÉROÏNE CHRÉTIENNE

DRAME

En Cinq Actes & en Vers

PAR HECTOR COQ.

Se vend au Profit d'une Bonne Œuvre chez l'Auteur à LATRILLE (Landes).

Prix : Franco, 0 fr. 45.

DAX
IMPRIMERIE H. LABÈQUE, 11, RUE DES CARMES
1894

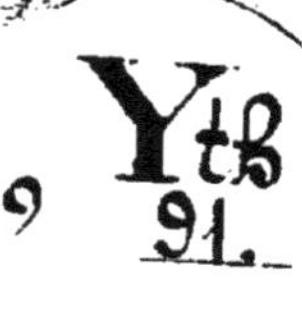

DU MÊME AUTEUR :

GEORGE

Drame en 5 actes et en vers. — PRIX : 0 fr. 45.

Agnès

HÉROÏNE CHRÉTIENNE

DRAME

En Cinq Actes & en Vers

PAR HECTOR COQ.

Se vend au Profit d'une Bonne Œuvre chez l'Auteur,
à LATRILLE (Landes).

Prix : Franco, 0 fr. 45.

DAX

IMPRIMERIE H. LABÈQUE, 11, RUE DES CARMES

1894

Dax. — Imprimerie H. Labèque, 11, rue des Carmes

AGNÈS

L'HÉROÏNE CHRÉTIENNE

NOTICE

Sainte Agnès, admirée de tout l'univers et célébrée dans toute l'Eglise, naquit à Rome sur la fin du troisième siècle, de parents nobles, riches et vertueux.

Les belles qualités que ses parents remarquèrent en elle ne servirent pas peu à augmenter leur application à l'élever chrétiennement. Ils lui inspirèrent un grand amour de la religion, et dès lors elle conçut une haute idée du bonheur des vierges. Elle résolut, dès le bas âge, de n'avoir d'autre époux que Jésus-Christ.

Elle n'avait encore que treize ans, que sa beauté et son rare mérite faisaient déjà grand bruit à la cour

Procope, fils de Symphrone, gouverneur de Rome, l'ayant vue par hasard, un jour qu'elle revenait de l'école avec sa gouvernante, en fut si fortement épris, qu'il résolut de l'épouser.

Symphrone, son père, informé de la qualité et des grandes vertus d'Agnès, approuva cette alliance, mais il fallait le consentement d'Agnès, qui le refusa.

Procope lui envoya de magnifiques présents qu'elle ne voulut point accepter, ce qui augmenta d'autant plus la passion du fils du préfet. Ce dernier eut recours aux prières, aux promesses, aux menaces, mais tout fut inutile, la vierge chrétienne persistait dans son sentiment.

Symphrone fit comparaître Agnès devant son tribunal et mit en jeu les prières et les menaces pour la gagner, mais ne réussit pas non plus.

Transporté de fureur, il la condamna à être conduite au lupanar pour y perdre cette virginité dont elle paraissait si jalouse.

Un ange la protégea, écarta les audacieux et frappa de mort Procope qui, malgré la lumière céleste qui entourait Agnès, avait voulu se porter vers elle pour la déflorer.

Le préfet accourt, se lamente, traite Agnès de magicienne, et finalement la prie d'invoquer son Dieu tout-puissant pour ressusciter son fils.

Agnès se met en prières et ressuscite Procope. Celui-ci s'écrie qu'il n'y a qu'un seul Dieu, c'est le Dieu des chrétiens.

Les prêtres des idoles s'ameutent, traitent Agnès de sorcière, et veulent la brûler toute vive.

En voyant ce tumulte, le préfet se retire avec son fils, et laisse Asparius, son lieutenant, pour faire régner l'ordre.

Agnès est enfin jetée dans un bûcher dont la flamme était si intense que plusieurs des plus rapprochés en périrent, mais la flamme respecta la vierge chrétienne, qui bénissait le Seigneur comme autrefois les trois juifs dans la fournaise.

En voyant ce prodige, Aspasius, craignant que le peuple ne l'attribuât à l'art magique et se portât à d'autres voies contre la sainte, la fit frapper du glaive, et la belle âme d'Agnès s'envola au ciel sous la forme d'une colombe éblouissante de blancheur, et son sang rose coulant en abondance, éteignit le foyer.

PERSONNAGES :

SYMPHONE, préfet de Rome, païen.
PROCOPE, son fils, païen.
AGNÈS, vierge et martyre.
ASPASIUS, vicaire du préfet, païen.
LA MÈRE D'AGNÈS.
DES GARDES.
DES PRÊTRES PAIENS.
DEUX DAMES D'HONNEUR DU PRÉFET.

La scène se passe à Rome en l'an du Christ 304, sous Dioclétien, empereur païen.

L'HÉROINE CHRÉTIENNE

Acte Premier. — Scène I.

SYMPHRONE, PROCOPE.

SYMPHRONE

**Ton absence, mon fils, m'avait mis en émoi ;
Mais, puisque tu reviens, tu calmes mon effroi.
Ta figure, cher fils, de tristesse est empreinte,
De quelque mal soudain as-tu subi l'atteinte ?**

PROCOPE

**La fatigue, peut-être, a causé ma pâleur ;
Mais deux jours de repos me remettront en fleur.**

SYMPHRONE

T'es-tu bien diverti, dans la chasse du lièvre ?

PROCOPE

**J'en apporte plusieurs et de plus une chèvre,
Qui rehausse l'éclat de mon premier essai ;
Aussi j'en suis tout fier et j'en étais tout gai.**

SYMPHRONE

**Une chèvre, dis-tu ? Mais rien n'est plus facile,
Et je puis sans courir, t'en envoyer un mille.**

PROCOPE

Une chèvre sauvage égarée en hauts lieux,
Qui sautait un ravin pour s'enfuir à mes yeux.

SYMPHRONE

De quels lieux parles-tu ? Des Appennins peut-être ?

PROCOPE

J'ai couru jusque là, sans trop me reconnaître,
Tant j'étais animé ; c'est alors que l'isard
Sortant d'un gros buisson s'offrit à mon regard.
Ma flèche l'a frappé soudain dans la poitrine,
Je l'ai vu rouler au fond de la colline.

SYMPHRONE

Ton coup d'œil est très sûr, et ton bras vigoureux.

PROCOPE

Mais mon âme est en peine et mon cœur amoureux.

SYMPHRONE

Ah ! conte-moi ce détail, qui soudain te chiffonne ;
Ne me cache aucun point, nomme-moi la personne.
Outre ses qualités, a-t-elle du renom ?
Est-elle digne, enfin, de porter notre nom ?

PROCOPE

Elle est noble, elle est riche, et de plus ravissante ;
Tout en elle, vraiment, la rend éblouissante.
Elle n'a qu'un défaut, qui pourrait m'éloigner,
Et m'empêcher sur elle à jamais de régner.
Deux cœurs à l'unisson ne doivent-ils point battre ?
Il le faut, ou sinon, on devrait se combattre.

SYMPHRONE

Vrai ! déjà ce profil ne t'a pas échappé ?
Comment ton œil d'amant s'en est-il occupé ?

PROCOPE

J'ai bien dit un défaut, peut-être je me trompe.
Mais pour ce seul détail faut-il donc que je rompe ?
Et qu'un lien puissant m'enlaçant tout à coup,
Soit de même brisé ? Non, j'en mourrai du coup.

SYMPHRONE

Pour un défaut, mon fils, tu fais le difficile.
Qui n'en possède pas ? Cette plante est fertile
Et nait un peu partout : quel est donc ce défaut ?
Tu dois m'en faire part au plus tôt, il le faut.

PROCOPE

Je le sais bien, cher père, et je n'ose le dire,
Car, alors, de la voir vous allez m'interdire.

SYMPHRONE

Mais pas dutout, cher fils, si ton cœur est saisi,
J'approuve ton amour tel que tu l'as choisi.

PROCOPE

Cette fille adorable est par malheur chrétienne ;
Voilà son seul défaut : que n'est-elle païenne !
Jamais sous aucun ciel, j'ose vous l'assurer,
Sans que nul sur ce point puisse m'en remontrer,
Jamais, sous aucun ciel, n'apparut un tel astre :
C'est lui qui de mes jours causera le désastre ;
Et la pâleur soudaine avilissant mes traits,
Vous prouve qu'en mon cœur combattent ses attraits.

SYMPHRONE

Et cette fleur se nomme, ose bien me le dire,
Si tu peux sur ton cœur avoir un peu d'empire.

PROCOPE

Elle se nomme Agnès, c'est la fille d'un grand.

SYMPHRONE

Je la connais, mon fils, c'est encor une enfant ;
Je sais ses qualités et j'ai connu son père :

C'était un homme droit, religieux, sincère,
Qui fuyait les honneurs et qui, pour ce motif,
Avait quitté la ville et vivait inactif.
J'approuve bien ton choix, cette fille en est digne,
Mais à condition, si ton cœur se résigne,
Qu'elle embrasse des dieux le culte souverain,
Et surtout qu'elle veille à cacher son dédain.
Pouvant en t'épousant devenir grande dame,
Elle se gardera de mépriser ta flamme.
Mais d'un autre côté je dois, c'est mon devoir,
Poursuivre les chrétiens, tu peux bien le savoir.
Or les édits, mon fils, ne font grâce à personne,
Et je serais mal vu d'avoir l'âme trop bonne.

PROCOPE.

Soyez béni, mon père, agissons sans retard.

SYMPHRONE

Le principal, mon fils, est d'agir avec art.
D'abord de ton amour donne-lui donc la marque,
Si tu veux vers le port voir arriver ta barque.

PROCOPE

Je suis de cet avis, et même j'y songeais.

SYMPHRONE

Il faut d'une ambassade, il faut faire les frais.
Mais d'abord, sachons bien quel est son domicile,
Car depuis un long temps elle n'est plus en ville.
Sa mère a de grands biens tout près de Tivoli
Où moi-même autrefois je m'étais établi.
Où l'as-tu rencontrée? il faut que je le sache,
Si tu veux qu'à bon droit je remplisse ma tâche.

PROCOPE

Aux pieds des Apennins, assise sur un roc,
Ayant sur ses genoux plusieurs objets en bloc.
Ce roc, pour mon malheur, surplombait un abîme,
Je ne pus l'aborder, trop haute était la cîme.
Tout à coup je la vis se jeter à genoux
Levant les yeux au ciel d'un air riant et doux.

Puis je la vis s'enfuir le long de la colline,
Où se voit un palais d'une antique origine.
Je la suivis des yeux admirant sa beauté,
Ses moindres mouvements comme aussi sa gaîté.
Elle courait légère, imitant la gazelle ;
Mes suivants s'étonnaient de la trouver si belle.
Ils la nommaient Diane, aux contours gracieux,
Fille de Jupiter, le grand maître des cieux.

SYMPHRONE

Je m'en informerai, mais garde le silence,
Et pour bien réussir, use de patience
Celui qui sait attendre et maîtriser le sort,
Après mille détours arrive enfin au port.
Je m'en suis bien trouvé, garde cette habitude,
Et tu vivras toujours sans nulle inquiétude.

PROCOPE

Le soir même, j'appris par la voix des valets,
Qu'elle partait pour Rome et faisait ses apprêts.

SYMPHRONE

C'est bien plus simple alors ; je pense qu'à cette heure
Elle a déjà franchi le seuil de sa demeure.
Au mont Cécilius, où son père habitait,
S'élève un beau palais qui de loin apparaît.
C'est là qu'elle passa les jours de son enfance.
Repose-t'en sur moi, ne perds point l'espérance.

PROCOPE

Puissiez-vous réussir, assurer mon bonheur.

SYMPHRONE

Va quérir dix valets et deux dames d'honneur.
Je vais de mon côté desceller mon vieux coffre,
En retirer pour toi ce que tu veux que j'offre.

PROCOPE

J'y cours sans plus tarder, m'estimant tout heureux,
D'apaiser mes soupirs, de combler tous mes vœux.

Acte Premier. — Scène II

SYMPHRONE, SEUL

Mon fils a le cœur pris, il aime une chrétienne !
Que n'a-t-il fait le choix d'une patricienne !
Alors, je ne dis pas, j'aurais pu consentir :
Mais, puis-je de mon rôle ici me départir ?
Si je cède à mon fils, que l'empereur le sache,
C'est me perdre à jamais, c'est rompre toute attache.
C'est la misère, enfin : Mais peut-être qu'Agnès,
Se voyant en danger, ou pour faire florès
Voudra bien de nos dieux reconnaître l'empire ;
Il le faut, on sinon elle court au martyre.
Mais d'un autre côté, mon unique héritier,
Mon fils, mon espérance, au cœur bon mais altier,
Trompé dans son espoir se mourra d'anémie,
Ou bien pour se venger, cherchera l'infâmie.
Ce dilemne est affreux ; ne précipitons rien,
Faisons briller notre or, étalons nos richesses,
Et pour vaincre son cœur, prodiguons nos largesses.

Acte Premier. — Scène III

SYMPHRONE, PROCOPE, 10 SERVITEURS,
2 DAMES D'HONNEUR.

PROCOPE

Voici vos serviteurs que je viens de quérir ;
Parlez donc à mon père, et nous saurons agir.

SYMPHRONE

J'ai déjà préparé des présents magnifiques :
Vois ces beaux diamants et ces bijoux antiques.
Toi-même fais un choix parmi tous ces objets,
Mets surtout de côté deux riches bracelets,

Des étoffes de Perse, quelques belles soieries,
Du brocard le plus pur, de fines pierreries ;
Ensuite vers Agnès députe l'ambassade
Avec tous ces présents étalés en parade.
Et même, si tu sais, écris un compliment,
Qu'une dame d'honneur lui dira poliment.
Puis nous irons, les deux, présenter ta demande,
Qu'on recevra de suite, après ta belle offrande.

PROCOPE

Tourner un compliment serait bien de mon goût ;
Mais vouloir sans savoir, ne me va pas dutout.

SYMPHRONE

O reine de mon cœur ! commence de la sorte,
Joins-y quelques doux mots, dignes d'une âme forte.

PROCOPE

O reine de mon cœur ! Objet de mes soupirs !
D'un seul de vos regards comblez donc mes désirs.
Je me jette à vos pieds, accueillez ma prière,
Et soyez pour mon cœur ici-bas toujours chère.

SYMPHRONE

Cela n'est pas trop mal, et me paraît aller ;
Il te faudra de plus le bien articuler.

PROCOPE.

Je vais tout, aujourd'hui, le dire et le redire.

SYMPHRONE

Il suffira pour toi que tu saches le lire.

PROCOPE

Ah ! père bien-aimé, vous ferez mon bonheur.

Acte Premier. — Scène IV.

AGNÈS, SA MÈRE.

LA MÈRE

Bénissons à l'envi notre bon gouverneur.
L'ordre règne au château, chaque chose est en place.
Au retour d'un voyage, il n'est rien qui m'agace,
Comme de voir partout un désordre apparent.

AGNÈS

Quant à moi, je le dis, tout m'est indifférent.

LA MÈRE

Tu ne penses qu'à Dieu, c'est là la seule joie
Que chaque jour, enfant, ton bon cœur entrevoie.
Je ne te blâme pas d'y mettre ton bonheur.

AGNÈS

J'aperçois dans la cour plusieurs dames d'honneur,
Des chevaux, des laquais et toute une ambassade.
Ah ! des musiciens vont jouer une aubade.
Je vois sur un gradin des présents s'étaler,
Et même des brillants qu'on fait étinceler.

LA MÈRE

Empresse-toi, chérie, et cours à leur rencontre ;
Que l'élan de ton cœur tout aussitôt se montre ;
Ainsi le veut le Christ, qui par amour pour nous,
Nous servit le premier et dont l'esprit est doux.

(*Une servante en entrant*)

Une dame d'honneur, par Symphrone envoyée...

LA MÈRE

Qu'elle entre sur-le-champ, qu'elle y soit octroyée.

(*Toute l'ambassade entre*)

Acte Premier. — Scène V.

LES MÊMES, LES MEMBRES DE L'AMBASSADE, DEUX DAMES D'HONNEUR.

PREMIÈRE DAME D'HONNEUR A AGNÈS

De la part de mon maître, aussi riche que grand,
Recevez en ce jour, recevez ce présent.

DEUXIÈME DAME D'HONNEUR

Salut à vous ! Salut, noble fille romaine,
Qui d'un cœur généreux devenez souveraine !
Devant vous ce cœur grand dépose ces bienfaits,
Et vous offre par moi les plus riants souhaits.

PREMIÈRE DAME D'HONNEUR

Voyez tous ces bijoux, ces étoffes joyeuses...

LA MÈRE

Avec cela, vraiment, on ferait des heureuses.

DEUXIÈME DAME D'HONNEUR

C'est ce que veut mon maître : aspirant au bonheur
De vous donner son nom, il vous fait cet honneur.
L'héritier de ses biens, son fils aîné Procope,
Le modèle des grands, un joyeux philantrope
Que tout Rome réclame au cirque, aux jeux, partout,
Dominant ses pareils par son savoir surtout ;
A qui présentement les plus riches romaines
Offrent déjà leur main, lui demandant des chaînes ;
Ce fils nommé par tous l'élégant citadin,
Est aussi de la cour le premier baladin.
Méprisant des beautés en tous points princières,
Les trouvant, nous dit-il, pour son cœur trop vulgaires ;
Ce fils, l'honneur du nom et le plus fier romain,
De votre enfant, Madame, a désiré la main.

Répondez à ses vœux ; les honneurs, les richesses
Seront votre partage, et bien d'autres largesses...

LA MÈRE

L'honneur qu'on veut me faire a de l'attrait pour moi ;
Mais je dois réfléchir, c'est du meilleur aloi.

LA PREMIÈRE DAME D'HONNEUR

Gardez, en attendant, comme un premier hommage,
Ces dons qui d'un ami seront pour vous le gage.

AGNÈS

Je n'en reçois aucun et n'en veux recevoir ;
C'est là ma volonté, c'est de plus mon devoir.
Rapportez ces présents, rendez-les à Symphrone :
Aucun n'aura ma main, m'apportât-il un trône.

LA DEUXIÈME DAME D'HONNEUR

Votre voix, chère enfant, répond à vos attraits.
Sur vous nos dieux si bons ont répandu leurs traits.
Au palais de mon maître où vous serez la reine,
On vous verra bientôt agir en souveraine.
Vos esclaves, courbés à vos pieds enchanteurs.
Seront de la beauté les vrais admirateurs ;
Procope, dès ce soir, vous offrira lui-même,
Avec un cœur aimant, un brillant diadème.

AGNÈS

Je ne puis accepter ni ses dons ni son cœur,
Car ses faux dieux à lui me glacent de stupeur.
Je ne veux point le voir, ni lui vendre mon âme,
Un autre amour plus pur à jamais la réclame.

LA PREMIÈRE DAME D'HONNEUR

Il faudra réfléchir, c'est bien l'heure ou jamais,
Si du moins de nos dieux vous voulez les bienfaits.

LA DEUXIÈME DAME D'HONNEUR

Donnez-nous un espoir, jeune ange qu'on adore,
Dont les yeux radieux sont plus beaux que l'aurore,

**Car mon maître en mourrait d'un refus si cruel ;
Que votre cœur si bon réponde à son appel.**

(L'ambassade se retire).

Acte Premier. — Scène VI

AGNÈS, SA MÈRE.

—

AGNÈS

O ma mère ! fuyons, fuyons à la campagne ;
Eloignons-nous d'ici, regagnons la montagne.

LA MÈRE

Tu refuses l'honneur qu'on fait à ta beauté ?
Tu me mets dans la peine et dans l'anxiété.
Le préfet, furieux, va nous faire poursuivre ;
Vois donc pour nous d'abord tout ce qui va s'ensuivre.
Nous courrons à la mort.

AGNÈS

Je la redoute peu.

LA MÈRE

Et tous les durs tourments qui seront mis en jeu,
Tu n'en tiens aucun compte ?

AGNÈS

Hélas ! fuyons ma mère,
Dieu nous protègera ; cherchons un noir repaire,
Pour nous mettre à couvert ; c'est bien le plus pressé,
Car déjà pour me prendre un filet s'est dressé.

LA MÈRE

C'est une illusion : l'héritier de Symphrone
Ne veut pas ton décès, il a l'âme trop bonne.
Il désire ta main pour faire ton bonheur ;
Méconnaître ses vœux, c'est faire ton malheur.

AGNÈS

Puis-je donc, ô ma mère, épouser cet impie ?
Serait-ce bien une œuvre à pouvoir dire pie ?
Il est l'adorateur des faux dieux, des démons.
Sont-ce bien là les dieux que nous deux nous aimons ?

LA MÈRE

Tu gagneras son cœur à la saine doctrine,
Par tes vertus, ma fille, et par ta bonne mine.
Tu sauveras son âme, et de fils de l'erreur,
Tu le rendras croyant et cela sans aigreur.

AGNÉS

C'est présumer beaucoup du pouvoir de mes charmes,
Mais, pour vaincre un impie, il faut bien d'autres armes.
Je prierai Dieu pour lui, mais mon cœur est pour Dieu ;
D'être à lui pour toujours, j'ai déjà fait le vœu.

LA MÈRE

Alors n'en parlons plus, c'est une affaire faite ;
J'approuve ton dessein ; de t'aider je m'apprête.

AGNÈS

Eloignons-nous, ma mère, éloignons-nous d'ici.
Quittons tout à l'instant, évitons nu souci.

LA MÈRE

Sur le soir de ce jour, nous fuierons de la ville,
Et nous irons au loin chercher un sûr asile.

Acte Premier -- Scène VII

PROCOPE, UN PRÊTRE PAIEN.

—

PROCOPE

Je vous ai fait mander pour recourir à vous,
Si du moins de m'aider vous vous montrez jaloux.

LE PRÊTRE PAIEN

Pour le fils d'un préfet, que j'aime et je révère,
Je suis bien disposé s'il sait être sincère.
Qu'il me parle sans fard, car déjà je comprends
La peine qui l'occupe et le tient en suspens.
J'ai lu que dans son cœur avait point une angoisse,
Et ne puis tolérer qu'encor elle s'accroisse.

PROCOPE

Vous savez donc déjà ce qui se passe en moi,
Et qui cause en mon âme un si cruel émoi ?

LE PRÊTRE PAIEN

Mes dieux m'ont déjà dit, mes dieux m'ont fait connaître
Ce qui dans votre cœur à peine vient de naître.
Une peine d'amour l'occupe en ce moment ;
Mais le ciel par bonheur doit se montrer clément.
La science des dieux est très grande et profonde ;
Ils lisent l'avenir, car leur regard le sonde.

PROCOPE

Qu'ils sont grands, qu'ils sont bons, ces dieux nos pro-[tecteurs !
Que n'ont-ils en tous lieux de nombreux serviteurs !
Une beauté naguère apparut à ma vue,
Des dons de la nature entièrement pourvue.
Je la vis un instant et ne puis l'oublier :
Pour elle je suis prêt à tout sacrifier.
A ses pieds, de ma part, une riche ambassade
A mis tous mes trésors avec grande parade.
Ni mes dons, ni mon cœur n'ont pu toucher le sien.
Pour vaincre ce cœur dur savez-vous un moyen ?

LE PRÊTRE PAIEN

Vos dons sont méprisés car c'est une chrétienne,
Mes dieux m'en ont instruit ; mais qu'à cela ne tienne,
J'emploierai tout mon art pour vous rendre vainqueur,
Et sous peu vous aurez et sa main et son cœur.

PROCOPE

Qu'il en soit fait ainsi, puis ma reconnaissance
Vous comblera des dons de ma munificence.

Acte Premier. — Scène VIII

UN PRÊTRE PAIEN ET SON IDOLE

LE PRÊTRE PAIEN

C'est moi, puissante idole, accepte mon encens,
Et de mon cœur troublé écoute les accents.
Garde-toi bien surtout de trop te faire attendre ;
Mon courroux contre toi pourrait tout entreprendre.

L'IDOLE

Je connais ton désir, je sais ce que tu veux ;
Mais toi-même, sais-tu, sais-tu ce que je peux ?
Il est devant mes yeux une forte limite,
Que je ne puis franchir, cela n'est point licite.

LE PRÊTRE PAIEN

Si tu ne le peux seule, appelle tes démons
Les plus grands les plus forts, ou bien les plus frippons.
Je veux par ton recours rompre la résistance
Qu'offre au fils du préfet un cœur plein d'insolence.
Je le veux, je l'entends, ton pouvoir est en jeu.
Prends en mains, s'il le faut, et le fer et le feu.
Ou, ton autel brisé prouvera ta faiblesse,
Et du Dieu des chrétiens montrera la sagesse.

L'IDOLE

Pour te faire plaisir, je veux bien tout tenter ;
Mais de bien réussir je n'ose me vanter.
Sais-tu que les chrétiens ont une arme terrible.
Qui nous force de fuir : c'est un signe infaillible.
Ils le font à toute heure ; or, nous, devant la croix
Nous sommes impuissants et tombons aux abois.

LE PRÊTRE PAIEN

C'est encore une enfant ; prends donc en mains les armes
Qu'offre à tous ses amis un monde plein de charmes.
Tu réduiras son cœur par l'attrait du plaisir :
Crois-tu que de te plaire elle soit sans désir ?

L'IDOLE

C'est une âme sans peur, c'est une âme très forte ;
La grâce habite en elle et toujours la conforte.

LE PRÊTRE PAIEN

Montre-lui les tourments qui l'attendent demain,
Et tu réussiras à vaincre son dédain.
La douleur pour une âme en son adolescence
Pourrait bien la dompter.

L'IDOLE

Ecoute : fais silence.
Je vais pour te complaire évoquer tout l'enfer,
Appeler même ici le puissant Lucifer.

LE PRÊTRE PAIEN

Si tu sais triompher, je t'offre un sacrifice.

L'IDOLE

Tu ne saurais trop cher payer un tel service.
A moi. Dieux des enfers, accourez promptement,
Ou sinon, craignez tout de mon emportement.
Moi, maudit comme vous, c'est moi qui vous invoque ;
En un terrible assaut un enfant nous provoque.

(*On entend un roulement de tonnerre dans l'intérieur de l'idole*)

Une voix sépulcrale :

Parle, que veux-tu ? Nous sommes près de toi,
Car soudain, ton appel nous met tous en émoi.

L'IDOLE

Je veux d'une chrétienne abattre l'insolence,
Et la forcer d'aimer sans nulle résistance.

LA VOIX

Nous allons te servir, tout l'enfer le promet ;
De se dire vaincu, nul de nous ne l'admet.

L'IDOLE

Qu'on agisse aussitôt, l'affaire en vaut la peine :
Que contre cette enfant tout l'enfer se déchaîne,
Elle se nomme Agnès.

LA VOIX

Nous le savons déjà,
Mais jamais de la vaincre aucun ne s'engagea.

L'IDOLE

Partez donc pour l'assaut, faites cette conquête.

LE PRÊTRE PAIEN

Et de vous exalter mon âme sera prête.

Acte Deuxième. — Scène I

AGNÈS, SA MÈRE

—

AGNÈS

O ma mère, fuyons ! Des spectres furibonds
M'assaillent à toute heure et me font mille affronts.
Par un signe de croix je les mets bien en fuite,
Mais ils reviennent vite et sont à ma poursuite.
Tout l'enfer conjuré s'est armé contre moi,
Ma pauvre âme est en peine et mon cœur en émoi.

LA MÈRE

Tu sais que, nuitamment, on n'ouvre pas en ville ;
De fuir en ce moment il nous est difficile.

AGNÈS

O ma mère, que vois-je ! un énorme serpent
Circule à quelques pas et s'approche en rampant.
A moi, Jésus, mon Dieu ! le seul Dieu de mon âme !
Je le vois disparaître. Ah ! quel démon ! l'infâme !
O Vierge toute pure, accourez à ma voix :
Du pur et saint amour ma pauvre âme a fait choix.

Je suis à vous, mon Dieu, sans retour, sans partage,
Secourez votre enfant, soutenez son jeune âge.
Dans mon âme affligée un peu de calme a lui ;
Soyez toujours, Seigneur, partout mon seul appui.

LA MÈRE

Tu me surprends, Agnès, par ces discours étranges.
Autrefois, près de toi, ce n'étaient que des anges,
Ils comptaient tous tes pas ; aujourd'hui les démons
S'acharnent contre toi, vraiment tu me confonds.
Je ne sais que penser et mon âme est en peine,
Car presque à chaque instant je vois changer la scène,
Par ses illusions, ton cerveau fatigué,
Contre toi, chère enfant, se trouve donc ligué ?

AGNÈS

Illusions, dis-tu, ces visions terribles
Qui s'offrent tout à coup à mes sens si paisibles ?
J'entends à tout moment des choses qui font peur,
Et même dans les airs, je vois l'esprit trompeur.
Parfois le tableau change, et de riants fantômes
S'offrent à mes regards, vêtus en gentilshommes.
Ils veulent m'enlever et me font grande horreur,
Par un signe de croix je les mets en fureur.
Ils s'en vont pour un temps ; fuyons, fuyons ô ma mère,
C'est là le seul moyen d'échapper au mystère

LA MÈRE

Le refus de ta main a mis Procope en feu ;
Il signale sa rage et te fait ce faux jeu.

AGNÈS

Mais alors les démons lui font obéissance !
Puis-je donc avec lui, puis-je faire alliance ?

LA MÈRE

Va dire d'atteler les deux plus forts chevaux,
Et fuyons sans retard, par crainte d'autres maux.

Acte Deuxième — Scène II

PROCOPE, UN PRÊTRE PAIEN

—

PROCOPE

Je suis fort courroucé, et maudis ta jactance,
Une simple fillette échappe à ta puissance.
Tes dieux sont donc de bois, de pierre et de métal ?
Ils dorment, ou plutôt fêtant leur jour natal,
Ils oublient les mortels dont ils n'ont trop que faire.
Quant à moi, plus longtemps je ne saurais me taire.
Je les maudis, ces dieux impuissants et menteurs.
Prêtres de ces faux dieux, vous n'êtes qu'imposteurs.

LE PRÊTRE PAIEN

Calmez votre courroux trop injuste et sévère,
L'affaire marche bien, elle est en tout prospère.
Encore quelques jours et vous serez vainqueur,
Vous aurez tout pouvoir sur son âme et son cœur.

PROCOPE

Tu mens, vilain sorcier. Sais-tu même à cette heure
Où se portent ses pas, le lieu de sa demeure ?

LE PRÊTRE PAIEN

Je sais qu'en ce moment, au pied des Apennins,
Elle vit solitaire et fuit tous ses voisins.
Chaque jour mes démons luttent pour la contraindre,
Mais un signe en ses mains l'empêche de les craindre.

PROCOPE

Ce signe quel est-il ? Fais-le donc devant moi.

LE PRÊTRE PAIEN

Je m'en garderai bien, il me met en émoi ;
En ce signe puissant j'entrevois un mystère;
Aussi de l'expliquer je ne le saurai guère.
C'est celui que nos dieux redoutent entre tous ;
Elle le fait sans cesse et les met en courroux.

PROCOPE

Et tu dis qu'ils sont forts, ces dieux dont la puissance
Pâlit près d'une enfant qui les force au silence !
Ce signe m'est connu, c'est celui des martyrs
Qui les rend triomphants et calme leurs soupirs.
J'admire son pouvoir, comme toi sans comprendre,
Voyant que de tes dieux je ne puis rien attendre,
Vers le Dieu des chrétiens je retourne mes vœux ;
A lui seul, il fera bien mieux que vos faux dieux.

LE PRÊTRE PAIEN

J'ai dit à l'un des dieux de la couvrir de chaînes,
Pour la conduire à Rome à nos fêtes prochaines.

PROCOPE

J'ai bien peur que jamais vous n'en veniez à bout,
Votre impuissance perce et se trahit en tout.

LE PRÊTRE PAIEN

Du pouvoir de nos dieux, voulez-vous une preuve ?

PROCOPE

Tu te garderais bien de faire cette épreuve.

LE PRÊTRE PAIEN

Voulez-vous voir Agnès ici, tout près de vous ?

PROCOPE

Ce serait mon bonheur : rien pour moi de si doux.

LE PRÊTRE PAIEN

De l'or, encore de l'or, ouvrez votre escarcelle ;
De l'or, toujours de l'or ; que l'or partout ruisselle.

PROCOPE

J'ouvrirai mes trésors pour te faire plaisir ;
Tu pourras des deux mains y puiser à loisir :
Mais, fais-moi voir Agnès, cette douce colombe,
Dont le mépris cruel va m'ouvrir une tombe.

(Le prêtre païen se baisse à ces mots, et trace un rond sur le plancher.)

Approchez de ce rond, vous serez satisfait ;
Vous verrez si des dieux le pouvoir est surfait.

(Procope entre dans le rond tracé, le prêtre païen tire de dessous sa robe un miroir enchanteur et prononce des paroles cabalistiques.)

PROCOPE

Agnès ! Agnès ! C'est elle, à genoux sur la roche ;
Un esprit infernal près d'elle se rapproche.
Oh ! qu'Agnès est donc belle ! elle sourit aux cieux,
Vers lequel elle tourne un doux regard pieux.
L'esprit veut l'enlever, un ange aux ailes d'or,
Repousse ce démon, arrête son essor.
Dieux ! l'esprit se transforme en énorme reptile
Et veut la dévorer : de sa gueule de feu
Coule une écume noire, et sa vie est en jeu.
Ah ! ah ! vrai Dieu ! J'y cours !!!

(En disant ces mots, Procope ouvre les bras comme pour saisir quelqu'un et tombe inanimé ; des serviteurs entrent et l'emportent :)

LE PRÊTRE PAIEN

Soyez sans nulle crainte ;
Ce n'est pas de la mort l'inexorable étreinte.
Il n'est qu'évanoui : troublé d'émotion ;
Il revivra sitôt par une émulsion.

Acte Deuxième. — Scène III

SYMPHRONE, PROCOPE

SYMPHRONE

Que t'est-il arrivé ? d'où t'est venu ce trouble ?
Ta peine, mon cher fils, à tout moment redouble.
Je ne sais que penser : je te vois malheureux ;
Moi-même je le suis et me sens tout fiévreux.

PROCOPE

Je suis bien détrompé ; tous mes dieux sont des fables :
On en fait trop de dieux pour qu'ils soient véritables.
J'en ai la certitude ; oui, ce sont des démons
Qui se moquent de nous ; et nous, nous les aimons
Le pouvoir de ces dieux est nul et faux, c'est sûr.

SYMPHRONE

Je le sais, ô mon fils, je l'avoue, et c'est dur.
Mais ces dieux impuissants sont les dieux de l'empire ;
Il faut les cultiver pour éviter leur ire.
Penses-tu que je veux courroucer l'empereur,
Et m'attirer sa haine,allumer sa fureur ?
Lui non plus n'y croit pas dans le fond de son âme ;
Il s'en rit ; mais vois-tu, le peuple le réclame.
C'est son opinion, il faut bien le calmer :
Par la crainte des dieux on sait le réprimer.
Je tiens, ô mon cher fils, à conserver ma place,
Qui me met en honneur : tu me crois peu sagace.
Penses-tu que ton père, imitant les chrétiens,
Veut pour des biens futurs perdre ici tous les siens ?
Tous les Dieux, quels qu'ils soient, n'importe leur devise,
Sont sans pouvoir sur moi, souffre que je le dise.
Il faut vivre avant tout, et de plus aisément,
Sans peines, sans soucis, et quelque peu gaiement.
Je changerai mes dieux au gré de Son Altesse ;
C'est en cela, vois-tu, que parait ma finesse.

PROCOPE

D'après vous, mon cher père, ou les dieux ne sont pas,
Ou bien sont sans vertu ; vous les mettez au tas.

SYMPHRONE

Oui, j'en fais table rase, et c'est vraiment plus sage ;
Si non, toute la vie on est en esclavage.

PROCOPE

Si tous nos dieux sont faux, pourquoi les respecter,
Et près de leurs autels venir nous lamenter ?
Que peuvent-ils pour nous, n'étant rien par eux-mêmes ?

SYMPHRONE

Ce sont là, mon cher fils, de terrassants problèmes.

PROCOPE

Qui donc a du néant fait sortir l'univers ?
Qui donc le fait mouvoir ? Parlez, je le requiers ?
Il faut un Dieu, le vrai, les chrétiens le connaissent,
Et devant les bourreaux chaque jour le confessent.
Ils le disent puissant, et même à leur merci.

SYMPHRONE

Je m'en occupe peu, c'est mon moindre souci.
Fais aussi comme moi : cependant à ta guise.

PROCOPE

Mais à qui recourir quand la peine vous brise ?

SYMPHRONE

Quand la peine est trop forte, on se donne la mort ;
Voilà le seul moyen d'atténuer son sort.

PROCOPE

Mais après cette vie, il en existe une autre.

SYMPHRONE

Tu fais là, mon cher fils, un faux rôle d'apôtre.
Après nous, c'est fini : l'inexorable mort
Coupe le fil du faible et le fil du plus fort,
Les couchant l'un et l'autre au profond d'une tombe ;
Puis silence éternel les attend outre-tombe.

PROCOPE

J'aurai donc comme un chien le même sort un jour ?
Ça me crève le cœur, que je crois fait d'amour.

SYMPHRONE

Le cœur est un tyran toujours beau d'inconstance,
Qui nous pousse sans cesse ; usons d'indifférence,
Et le cœur fatigué nous laissera la paix.

PROCOPE

Indifférent à tout, que je sois désormais !
Impossible, mon père ; il faut à ma pauvre âme

L'objet de son amour pour contenter sa flamme :
Ou je mourrai bientôt, dévoré par un feu
Qui se cache en mon cœur : ma vie en est l'enjeu.

SYMPHRONE

Tu n'as pas su, d'Agnès, vaincre les résistances ?

PROCOPE

Elle a fui de ces lieux, éludant mes avances.

SYMPHRONE

Il faut la rechercher, la ramener ici.

PROCOPE

C'est bien ce que je pense et c'est mon dur souci.

SYMPHRONE

Pars donc sans nul retard, avec cent satellites,
Ramène Agnès de force avec ses prosélytes.
Nous les séduirons tous par l'appât des honneurs.
Ou la peur des tourments, objets de tant d'horreurs.
Hâte-toi, mon cher fils, que demain à cette heure,
Agnès s'avoue vaincue, ou sinon, qu'elle meure.
Partez tous à cheval, agissez avec art,
Et pour elle, surtout, ne manque pas d'égard.

CHANT

O Vierge magnanime,
On t'appelle au combat,
Généreuse victime,
Au corps si délicat,
Ne crains pas la colère
D'un potentat sévère.
Oh ! ne t'alarmes pas,
Dieu conduira tes pas.

—

Le Dieu que ton cœur aime,
Veille sur toi d'en haut ;
Dans ce péril extrême,
Et dans ce rude assaut,
Il va, par sa puissance,
Te mettre en assurance.
Oh ! ne t'alarmes pas,
Dieu conduira tes pas.

Ton bon ange te guide,
Il veille près de toi,
Et sous sa douce égide,
Tu vaincras pour la foi.
Au tyran plein de rage
Montre ton grand courage
Oh ! ne t'alarme pas,
Dieu conduira tes pas.

—

Une noble victoire
T'attend en ce beau jour,
Et la plus grande gloire.
Au céleste séjour.
Entre donc dans l'arène,
Et parais sur la scène.
Oh ! ne t'alarmes pas,
Dieu conduira tes pas.

—

Vois la noble couronne,
Qui va ceindre ton front;
C'est le Christ qui la donne,
Et ses Vierges l'auront.
Agnès, douce colombe,
Même devant la tombe,
Oh ! ne t'alarme pas,
Dieu conduira tes pas.

—

Du ciel, où ta belle âme
Est au sein de la paix,
Donne-nous une flamme
Qui nous brûle à jamais;
Et nous aurons la gloire
D'imiter ta victoire
En suivant tous tes pas,
Jusqu'aux derniers combats.

Acte Troisième. — Scène I.

SYMPHRONE, UN ENVOYÉ DE SON FILS

SYMPHRONE

Eh bien ! que me dis-tu ? l'affaire marche-t-elle ?

L'ENVOYÉ

Mais oui, seigneur, fort bien, nous tenons la pucelle.

SYMPHRONE

Vient-elle librement ?

L'ENVOYÉ

Il s'en faut, monseigneur.
Elle s'est débattue, invoquant le Seigneur.
Sa douce mère en pleurs, l'engageait à nous suivre,
Qu'autrement, pour les deux, leur mort allait s'ensuivre.
Elle n'écoutait rien : leurs nombreux serviteurs
Ont voulu la défendre, animés par ses pleurs.
Mais d'un air menaçant, le généreux Procope
Les a tous éloignés : Sitôt une syncope
Envahissait Agnès : on l'emmène en traîneau
Avec les mille soins qu'exige un tel fardeau.

SYMPHRONE

C'est bien, je suis content.

Acte Troisième. — Scène II

SYMPHRONE, SEUL

Comment vais-je m'y prendre ?
Employer la douceur ? Je n'en puis rien attendre.
Me montrer violent, ce serait tout gâter.
Attendons et voyons ; à quoi bon se hâter.

C'est que dans cette affaire intéressant Procope,
Je dois me montrer père, et de plus philanthrope.
Mais ma charge m'oblige à remplir un devoir ;
Ah ! vraiment, oui, c'est dur ; je suis sous le pressoir.
L'empereur devrait bien, sans danger pour l'empire,
Laisser chacun prier, s'ennuyer ou bien rire.
Et, qu'importe après tout, qu'on vénère des dieux,
Aux bons comme aux méchants toujours silencieux.
Que l'on soit honnête homme, et c'est l'essentiel ;
Le reste n'est pour moi qu'un art eventuel,
Que l'on laisse au besoin suivant les circonstances,
Ou bien que l'on reprend par simples convenances.

Acte Troisième. — Scène III

SYMPHRONE, PROCOPE, AGNÈS, LES SATELLITES

(En voyant entrer Agnès au port noble et majestueux, Symphrone est saisi d'admiration, il se lève par respect, la fait asseoir et lui parle avec douceur).

SYMPHRONE

Vos bonnes qualités, ô fille d'un grand nom,
Votre noble origine et votre grand renom,
Me sont déjà connus ; je sais votre mérite :
Celui de vos aïeux n'est pas moins explicite.
Le portrait si brillant qu'on m'avait fait de vous,
N'est pas surfait, vraiment ; il est même au-dessous,
Si j'en crois mes regards. Tous nos dieux tutélaires
Se sont montrés pour vous de vrais dieux débonnaires.
Notre prince saura quel grand trésor caché
Notre Rome renferme, il en sera touché.
Vous viendrez à la cour pour y prendre une place
En tout digne de vous. Cet honneur, cette grâce
Vous viendront par mon fils qui veut vous épouser.
Comme son choix me plaît, je veux l'autoriser.
Il n'est point de parti pour vous plus désirable ;
Un pareil aujourd'hui me paraît introuvable.
Il serait bien fâcheux qu'un motif trop léger,
Vous dictât un refus ; gardez-vous d'y songer.

Plusieurs ont près de moi médité de vous nuire,
Vous démontrant chrétienne afin de vous traduire;
J'ai refusé d'y croire et pensé tout d'abord
Qu'avec autant d'esprit vous n'aviez pas ce tort.
La secte des chrétiens est une secte inique,
Digne des parias, au surplus chimérique.
Laissez-donc de côté ce culte de proscrits,
Et de nos empereurs observez les édits.

AGNÈS

Permettez-moi, Seigneur, de paraître étonnée :
Vous blâmez des chrétiens la secte condamnée ;
Celui-la seul le fait, qui ne la connait pas :
Celui qui la connait, l'aime jusqu'au trépas.
Il suffit du bon sens pour la dire admirable,
Seule digne de l'homme, et de plus équitable.
Tous vos dieux prétendus sont des dieux fabuleux,
Ou dignes de mépris, puisqu'ils sont scandaleux.
Le vrai Dieu que j'adore est le Dieu du tonnerre,
Le créateur du ciel ainsi que de la terre.
Voilà mon Dieu, le seul qui soit digne d'encens;
En reconnaître en plus, c'est n'avoir pas de sens.
C'est à ce Dieu puissant que mon âme est vouée ;
C'est là qu'est la noblesse ; heureux qui l'a trouvée !
Celle de nos aïeux, ou celle d'un grand nom,
Peut n'être pas si pure, ou valoir ce renom.
J'appartiens au grand Dieu qui me donna la vie ;
Le bénir et l'aimer, voilà ma seule envie
Vous demandez ma main pour l'aîné de vos fils ;
C'est grand honneur pour moi, mais n'en suis pas d'avis.
Je possède un époux plus puissant et plus noble,
Près duquel tout époux me paraît trop ignoble.

SYMPHRONE

Où donc est cet époux, car je ne comprends pas ?
Un autre a donc déjà goûté tous vos appas ?

AGNÈS

Cet époux règne aux cieux dans des splendeurs divines,
Dans les parvis divins aux célestes collines
C'est le Sauveur Jésus, c'est le Dieu des chrétiens,
La source du bonheur, la source des vrais biens.

SYMPHRONE

Quittez ces vains pensers, dont votre esprit se flatte ;
Qu'au bonheur qui lui vient votre cœur se dilate.
Vénérez tous nos dieux, ils sont dignes de vous ;
Offrez-leur de l'encens, tombez à leurs genoux.
Vous tiendrez un haut rang dans cette capitale,
Reine de l'Univers et de plus sans rivale.
Je vous donne à choisir, ou nos dieux, ou la mort.

AGNÈS

Je préfère la mort qui m'est d'un sûr rapport.
Vous osez de vos dieux me proposer le culte,
C'est faire à ma croyance une grossière insulte,
Car vos dieux sont de bois, de pierre ou de métal,
Et ne sont pas plus forts qu'un morceau de cristal.
Afin de m'effraver, vous parlez de supplices ;
Bien loin de m'effrayer, ils feront mes délices.
Heureuse enfin de joindre à ma virginité
La palme des martyrs.

SYMPHRONE

C'est une absurdité.

PROCOPE

Je t'offre des villas, une fortune immense.
Je t'offre des palais, je t'offre l'abondance,
Mais donne-moi ta main, ô reine de mon cœur !
Je mets tout à tes pieds, mais fais-moi ton vainqueur.

AGNÈS

Retire-toi bien loin, source de tous les crimes,
Aiguillon du péché ; tu conduis aux abîmes.
Celui que mon cœur aime est bien plus beau que toi ;
Il a depuis longtemps mon amour et ma foi.
Je suis sa bien-aimée et je suis encore vierge ;
C'est dans son cœur si pur que toujours je m'héberge.
Sa mère est vierge aussi : lui seul est mon amant ;
Le délaisser pour toi serait un détriment.

PROCOPE

Je servirai ton Dieu, mais réponds à ma flamme ;
Ecoute mes soupirs, prends pitié de mon âme.

AGNÈS

Jamais! Je suis au Christ, mon premier fiancé ;
Pour tout autre mon cœur est tout à fait glacé.

PROCOPE

O malédiction ! pourquoi faut-il que j'aime
Sans pouvoir être aimé ! Que je sois anathème !
Qu'au profond des enfers rugissant de fureur,
Je descende en ce jour pour moi si plein d'horreur !

SYMPHRONE

Qu'on cesse ces discours : il vous faut, ô ma fille,
Consentir aussitôt d'entrer dans ma famille,
Ou bien dans les tourments je vous fais expirer ;
Mais avant tout d'abord, je vous fais déflorer.

AGNÈS

Le grand Dieu que je sers saura bien défendre ;
Son bras est tout-puissant, je puis tout en attendre
Jaloux de mon honneur qui lui fut réservé,
Il ne permettra pas qu'il me soit enlevé.
Que vos dieux sont donc vils d'inspirer de tels crimes.
Vous devez en rougir ou sauver leurs victimes

SYMPHRONE

Nous verrons si ton Dieu que tu dis si puissant,
Saura bien te garder.

AGNÈS

Il est tout agissant,
Et déjà près de moi son ange mandataire
A sorti du fourreau son glaive tutélaire.
Je suis en assurance et méprise vos dieux.
Vos dieux partout si vils et toujours odieux.

SYMPHRONE

Conduite au lupanar, tu changeras de gamme,
Et pour ton Dieu si pur tu seras une infâme.

AGNÈS

C'est mon Dieu, c'est mon roi, c'est mon divin époux
Et de ma pureté je le sais trop jaloux,
Pour permettre une offense affligeant son épouse.
Mais vous, seigneur, craignez, craignez sa main jalouse.
Il renverse les grands et punit les pervers ;
Il venge son saint nom jusqu'au fond des enfers.

SYMPHRONE

Gardes, saisissez-la, punissez son audace.
Qu'elle aille au lupanar ; pas de pitié, pas de grâce,
Qu'on la traite en esclave : il faut qu'à ses dépens
Elle sache qu'on perd à refuser l'encens.
A nos divinités, il faut qu'elle déplore
Son triste entêtement. Que le Dieu qu'elle adore
La tire de ce pas.

AGNÈS

Je sais qu'il le fera.
De m'arracher l'honneur aucun ne le pourra.
Il est le tout-puissant. Tu refuses d'y croire,
Tu le sauras bientôt en voyant ma victoire.
Tremble ! cruel préfet, car ce Dieu courroucé,
Te montrera qu'enfin tu l'as trop offensé.

SYMPHRONE

A vous, Gardes ! marchez, pas de ménagements.

Agnès tombe à genoux)

O Dieu ! père et gardien des vrais cœurs innocents,
Montrez-vous mon soutien, montrez votre puissance,
Et de ces cœurs pervers arrêtez l'insolence ;
Je ne suis qu'une enfant, mais vous êtes mon Dieu,
Le Dieu qui règne au ciel et domine en tout lieu.

(Procope se met aux genoux de son père).

O, mon père, pitié pour son âge si tendre !
Comment contre ces loups va-t-elle se défendre !

SYMPHRONE

Qu'elle tombe à genoux, qu'elle adore nos dieux.

AGNÈS

Vos dieux sont des démons aux chrétiens odieux.
Je n'en respecte aucun, ils ne savent que nuire.
Et de mon faible bras je voudrais les détruire.

(Les gardes saisissent Agnès pour la conduire au lupanar : au fond du théâtre s'ouvre une porte, on voit un ange étincelant, le glaive en main; à cette vue, les plus osés reculent pleins d'effroi : Procope n'écoutant que sa passion, veut tout franchir quand même, l'ange l'étend raide mort aux pieds d'Agnès.

Acte Quatrième. — Scène I.

SYMPHRONE, DES GARDES, ASPASIUS, AMI DU PRÉFET.

ASPASIUS

C'est le cœur désolé, le cœur baigné de pleurs,
Que je viens près de vous, épancher mes douleurs.
Un crime affreux, seigneur, un crime détestable,
Qui saisit de stupeur, un crime épouvantable !

SYMPHRONE

Tu me tiens en suspens, parle sans ces détours ;
Explique-moi le fait, abrège ton discours.

ASPASIUS

Procope, votre fils, ce cœur si plein de charmes,
Cet ami si parfait, est l'objet de nos larmes.
Le grand Dieu des chrétiens l'a frappé tout à coup.

SYMPHRONE

Impossible, vraiment, tu m'étonnes beaucoup ;
C'est sans doute un faux bruit, ou quelque stratagème.

ASPASIUS

Détrompez-vous, seigneur, car je l'ai vu moi-même,
Gisant inanimé : M'étant donc approché,
J'ai bien pu constater que nul ne l'a touché.
Pas de sang, mon seigneur, pas la moindre blessure.
Je ne puis m'expliquer cette triste aventure.

SYMPHRONE

Qu'on craigne mon courroux ! malheur au délinquant !
Pour expier ce crime, il n'est pas de tourment !

ASPASIUS

On dit que cette fille, usant d'un art magique,
A provoqué soudain cette fin si tragique.
D'autres disent que non, que c'est l'ange de Dieu
Qui l'a frappé soudain de son glaive de feu.
Agnès était debout au sein d'une lumière.

SYMPHRONE

C'est une misérable et même une sorcière
Qu'on me l'amène ici : qu'on m'apporte mon fils.

ASPASIUS

En le voyant tomber, j'ai froncé les sourcils.
Je me suis approché, menaçant tout le monde,
Mais, saisi de terreur, tous fuyaient à la ronde.
Moi-même j'ai dû fuir devant l'ange brillant,
Qui dirigeait vers moi son glaive étincelant.

SYMPHRONE

D'une si triste mort je veux me rendre compte.
C'est inouï, vraiment, qu'elle ait été si prompte.
Et si l'ange n'était qu'un chrétien déguisé,
Venu là tout exprès, en amateur rusé ?

ASPASIUS

Cet ange, mon seigneur, ne touchait point à terre,
Et frappait du regard plus que du cimeterre.
Personne ne ressemble à cet ange du ciel,
Aucun homme ici-bas ne saurait être tel.

SYMPHRONE

Je veux m'en assurer et le voir par moi-même,
Pour dénouer sitôt cet étonnant problème.
Dans ma juste fureur, je vengerai mon fils.
Par des tourments affreux, inconnus et subtils.

Acte Quatrième. — Scène II

SYMPHRONE, ASPASIUS, AGNÈS, DES PRÊTRES PAIENS, DES GARDES apportant le corps de Procope.

ASPASIUS

Voyez-le, mon seigneur, il a cessé de vivre.

SYMPHRONE

Pourrais-je donc un jour, mon cher fils, te survivre ?
O, mon fils bien-aimé, quel n'est pas mon malheur !
Est-ce bien toi, cher fils, toi qui fis mon bonheur,
Est-ce toi que je vois, sans mouvement, sans vie ?
O, malheureuse Agnès, pourquoi t'a-t-il suivie ?
J'aurais dû, sous les coups, te faire ici périr,
Et m'épargner un sort dont je me sens mourir.
Comment pour ce cher fils, usant de sortilège,
L'as-tu frappé soudain, de ta main sacrilège ?
Malheur ! Malheur à toi ! dans des tourments affreux
Tu vas périr sur l'heure.

AGNÈS

O, père malheureux !
Mon ange protecteur a vengé ton insulte ;
Il a frappé ton fils de son trident occulte ;
Ce n'est point par mes mains que ton fils a péri ;
Que puis-je, faible enfant, contre un bras aguerri ?
Le grand Dieu que je sers est le Dieu du tonnerre.
Il t'en coûte, vois-tu, de lui faire la guerre,
C'est le maître des cieux, c'est le Dieu tout-puissant.
Apprends à le connaître et sois moins offensant.
Le chef de tes faux dieux, le père du mensonge,
Satan, t'a pris ton fils comme au milieu d'un songe.

Mais sache que Satan tremble devant mon Dieu,
Qui le tient enchaîné dans l'abîme de feu.

SYMPHRONE

Puisque ton Dieu peut tout, tu te plais à le dire,
Qu'il me rende mon fils.

AGNÈS

Je ne puis m'en dédire.
Il le peut, s'il le veut ; il commande à la mort.

SYMPHRONE

Invoque donc pour moi ce Dieu grand, ce Dieu fort.

AGNÈS

Invoquez-donc les dieux dont vous avez le culte ;
Que chacun parmi vous aussitôt les consulte.
Qu'ils prouvent qu'ils sont dieux et non pas imposteurs ;
Qu'ils montrent leur amour pour leurs adorateurs.
Vos prêtres qui sont là vous rendront le service
De les prier pour vous ; n'est-ce pas leur office ?

SYMPHRONE

Si le Dieu que tu sers me fait cette faveur,
Je l'adore sur l'heure et le dis mon sauveur.

AGNÈS

Le grand Dieu des chrétiens est un Dieu charitable ;
Il aime tous les siens et leur est secourable,
Mais, voudra-t-il de toi, qui maudissais son nom ?
Je le crois cependant, car il est un Dieu bon.

SYMPHRONE

Invoque-le pour nous, ô toi sa bien-aimée,
Toi qui de son amour fus toujours enflammée.
Un seul de tes soupirs lui ravira le cœur :
Depuis longtemps du tien n'est-il pas le vainqueur ?

AGNÈS

Mettez-vous à genoux, que l'on fasse silence,
Et je vais du vrai Dieu réclamer l'assistance.

O Christ Jésus ! vrai Dieu ! montrez votre pouvoir :
Vous êtes mon Seigneur, en vous est mon espoir.
Je sais votre bonté, je sais votre clémence ;
Pitié pour ces païens ! pitié pour leur démence !
Faites ce grand miracle aujourd'hui devant eux,
Et que la vérité brille enfin à leurs yeux.
Commandez à la mort de lâcher sa victime,
Et devenez pour eux le seul Dieu légitime !
Au nom du Christ Jésus qui te fit pour le ciel,
Reviens-donc à la vie, insensé criminel.
Que la croix du Sauveur soit désormais ton signe,
Et sois reconnaissant de sa faveur insigne.
Au nom du Christ, debout !

ASPASIUS

Il a rouvert les yeux.
Il a le regard doux et les traits radieux.
Honneur au Christ Jésus, le maître de la vie !
A le proclamer Dieu mon âme vous convie.

PROCOPE se relevant.

Il n'existe qu'un Dieu, c'est le Dieu des chrétiens.
Qu'on brise les faux dieux, tous ces dieux des païens.
Ils sont tous sans valeur, sans force, sans puissance ;
Leur secours est bien nul, c'est de toute évidence.
Le Créateur du ciel, de la terre et des mers,
C'est le Christ, le sauveur, maître de l'univers.
C'est un Dieu grand, puissant, et c'est un Dieu sévère,
Mais surtout un Dieu bon, car il est notre père.
Je l'ai vu ce grand Dieu, source de pureté,
Et je tremble en songeant à tant de majesté.
Agnès, fille du Christ, que ton âme est donc belle !
Un séraphin du ciel te garde en sa tutelle.
C'est lui qui m'a frappé, défendant ta pudeur,
Et son glaive de feu m'a traversé le cœur.
J'ai rudement payé ma criminelle audace,
Mais Dieu, dans son amour, m'a néanmoins fait grâce.
C'est par ton prompt secours que je reviens des morts.
Que ce Dieu si puissant pardonne à mes remords !

(A ces mots, la foule s'écrie : Vive le Christ Jésus ! Mais les prêtres païens s'ameutent et vocifèrent :)

A mort ! sans plus tarder, cette magicienne,

**Qui trouble les esprits ; que rien ne nous retienne.
Qu'on allume un bûcher pour l'y faire périr.**

(Le préfet Symphrone, saisi de terreur en entendant ces cris séditieux que répète la foule, se retire avec son fils pour n'avoir pas à sévir contre les prêtres, surtout dont il redoutait le pouvoir, et laisse Aspasius, son lieutenant, pour faire régner l'ordre.)

Acte cinquième. — Scène I.

AGNÈS, ASPASIUS, LES PRÊTRES PAIENS, LES GARDES, LA FOULE

AGNÈS

Enfin, mon doux Jésus, c'est l'heure de mourir.
Je vous bénis de cœur, recevez ma pauvre âme.
Que ce soit par le fer, que ce soit par la flamme,
Que l'on tranche mes jours, je me soumets à tout,
A votre seul vouloir votre Agnès se résout.
Soutenez votre enfant, rendez-la triomphante ;
Venez à mon secours et comblez mon attente.

ASPASIUS

Cette enfant n'a rien fait qui mérite la mort ;
Je me sens attendri sur son pénible sort
Gardes, veillez sur elle, empêchez toute offense ;
Qu'on ait même pour elle un peu de déférence.

LES PRÊTRES PAIENS

Elle est digne de mort, c'est l'arrêt du préfet.

ASPASIUS

Le préfet ne l'a fait qu'avec un grand regret.

LES PRÊTRES PAIENS

C'est une âme sans cœur, c'est une forcenée,
A mourir de nos mains nous l'avons condamnée.

ASPASIUS

Gardez-vous de toucher un seul de ses cheveux ;
Elle est, vous le savez, sous le regard des cieux.

LES PRÊTRES PAIENS

A mort ! sans plus tarder, ce n'est qu'une sorcière !
Apportez des fagots ; empêchons sa prière.
Elle insulte nos dieux et les rend odieux ;
De la faire périr sera plaire à nos dieux.

ASPASIUS

Vos dieux sont bien cruels ; mais quel est donc son crime
Pour la jeter au feu et pour l'offrir en victime ?

LES PRÊTRES PAIENS

Qu'elle offre de l'encens à nos dieux immortels !

AGNÈS

A bas tous les faux dieux, ainsi que leurs autels !

LES PRÊTRES PAIENS

A mort ! à mort sitôt ! C'est une sacrilège !
A mort ! à mort aussi, quiconque la protège !
Qu'on allume un grand feu, nous allons l'y jeter,
Ou sinon des malheurs vont partout éclater.

La foule s'ameute, les prêtres saisissent Agnès et l'entraînent, Aspasius les suit avec les gardes sans oser faire opposition ; on allume un immense bûcher au milieu duquel on jette Agnès. La flamme la respecte, tandis qu'elle fait périr ceux qui étaient les plus rapprochés. Craignant contre Agnès quelque sanglant outrage, Aspasius commande à un des gardes de la percer de son glaive. Un sang rose et pur s'échappe de la blessure et éteint le foyer. Agnès expire, et l'on voit sa belle âme sous la forme d'une blanche colombe, s'élever vers les cieux.)

« A ton sublime cri, les cieux ont tressailli,
O vierge magnanime, et Dieu l'a recueilli.
Le grand Dieu du Calvaire a reçu ta prière.
Tous les faux dieux vaincus dorment dans la poussière. »

Acte cinquième. — Scène II

SYMPHRONE, PROCOPE, ASPASIUS

SYMPHRONE

Qu'est-elle devenue ? il faut que je le sache,
Pour remplir jusqu'au bout ma trop pénible tâche.
L'avez-vous pu soustraire à tous ces forcenés ?

ASPASIUS

Ils étaient trop, seigneur, contre elle passionnés.
Elle git dans son sang au milieu de l'arène.

SYMPHRONE

Cette triste mort me cause de la peine.
Il fallait l'arracher des mains de ces maudits.

ASPASIUS

Je n'ai pu réussir à calmer les esprits.
Les prêtres demandaient en de dures paroles,
Qu'elle offrît de l'encens aux autels des idoles.

SYMPHRONE

Qu'a-t-elle répondu ?

ASPASIUS

Qu'elle n'en ferait rien.
Qu'elle n'offrait l'encens qu'au vrai Dieu du chrétien.

SYMPHRONE

J'admire ce courage à cet âge si tendre.

ASPASIUS

Après un tel éclat, que pouvait-elle attendre ?
Les prêtres l'ont saisie, et le peuple ameuté,
Vociférait contre elle avec brutalité.
Mais bientôt un foyer allumé par la foule,

Laisse échapper sa flamme, en anneaux se déroule.
Au feu la sorcière ! au feu, pas de pitié ;
On n'entend que ces mots. En vain ais-je essayé
De la leur arracher, c'était peine inutile ;
Cent bras s'étaient levés, et même plus de mille,
Pour la jeter au feu. Plusieurs trop empressés
Sont tombés dans le feu, qui les a consumés.
Agnès tout au contraire, au milieu de la flamme,
N'éprouvait aucun mal et dominait ce drame.
On la voyait prier, les yeux tournés au ciel.

SYMPHRONE

Ceci vraiment, je crois, est bien surnaturel.

ASPASIUS

Plusieurs aussi l'ont dit : on criait au miracle,
En voyant ce tableau, ce surprenant spectacle,
Quelques-uns plus osés la maltraitaient encor,
Voulant la lapider dans un dernier essor.
Ils pensaient que son art produirait ce prestige.
Quant à moi, je le dis, devant un tel prodige,
Je suis anéanti, je ne sais qu'admirer.

PROCOPE

Le Grand Dieu des chrétiens, qu'il nous faut adorer,
Est le Dieu tou-puissant, et toute la nature
Obéit à sa voix ; il donne la pâture
Aux petits des oiseaux ; aux chrétiens son secours,
Qui ne fait point défaut en tous lieux et toujours.

ASPASIUS

Craignant pour cette enfant quelque sanglant outrage,
J'ai cru que d'en finir serait enfin plus sage.
Sur mon ordre, un gardien s'approchant du foyer,
A plongé son épée en plein dans son gosier.
Un sang rose a coulé, mais en telle abondance,
Que le feu s'est éteint, bien qu'il fut fort intense.
Un prodige nouveau, que j'ai vu de mes yeux,
Qu'on ne peut récuser sans paraître odieux,
Un prodige dernier a saisi l'assistance,
Abattant des païens la stupide arrogance.
De la bouche d'Agnès on a vu s'échapper
Une blanche colombe et soudain s'envoler.

Elle montait au ciel au sein d'une auréole,
Qui nous éblouissait. A ce nouveau symbole,
Le peuple s'est ému ; chacun battait des mains,
Rendant hommage en chœur au grand Dieu des humains.

SYMPHRONE

Et nos prêtres païens, qu'ont-ils dit du prodige ?

ASPASIUS

Ils avaient fui déjà, prévenant tout litige.
Le peuple transporté les aurait égorgés ;
Par leur fuite honteuse, ils se sont dégagés.

PROCOPE

O mon père, veillez, apaisez le tumulte.
De ces restes sacrés, éloignez toute insulte.
Permettez aux chrétiens d'enlever ce saint corps
Pour le mettre en la tombe et calmer mes remords.

Fin

CHANT

Elle a fui vers les cieux,
Cette douce colombe ;
Qu'on lui dresse une tombe
Pour y porter nos vœux.

—

Elle est vierge et martyre, à cet âge très tendre.
L'amour du divin roi dominait dans son cœur ;
Avec un tel amour on peut tout en attendre ;
On peut vaincre les traits de ce monde trompeur.

—

En vain lui promet-on les grandeurs de ce monde,
Les plaisirs à son cœur n'offrent aucun appas.
De saints et doux plaisirs son âme surabonde
Et l'accompagneront jusqu'au sein du trépas.

—

Honneur ! honneur à toi, jeune vierge immortelle.
Agnès, nous te louons, nous voulons t'imiter ;
De ton amour pour Dieu qu'une noble étincelle,
Enflammant tous les cœurs, vienne les exciter.

www.ingramcontent.com/pod-product-compliance
Ingram Content Group UK Ltd.
Pitfield, Milton Keynes, MK11 3LW, UK
UKHW020407220726
13923UKWH00004B/1798

9 782019 698959